비 그친 아침

비 그친 아침

발행일	2021년 8월 13일

지은이	윤이지		
펴낸이	손형국		
펴낸곳	(주)북랩		
편집인	선일영	편집	정두철, 배진용, 김현아, 박준
디자인	이현수, 한수희, 김윤주, 허지혜	제작	박기성, 황동현, 구성우, 권태련
마케팅	김회란, 박진관		
출판등록	2004. 12. 1(제2012-000051호)		
주소	서울특별시 금천구 가산디지털 1로 168, 우림라이온스밸리 B동 B113~114호, C동 B101호		
홈페이지	www.book.co.kr		
전화번호	(02)2026-5777	팩스	(02)2026-5747

ISBN	979-11-6539-933-7 03810 (종이책)	979-11-6539-934-4 05810 (전자책)

(주)북랩 성공출판의 파트너

북랩 홈페이지와 패밀리 사이트에서 다양한 출판 솔루션을 만나 보세요!

홈페이지 book.co.kr • **블로그** blog.naver.com/essaybook • **출판문의** book@book.co.kr

---

작가 연락처 문의 ▶ ask.book.co.kr

작가 연락처는 개인정보이므로 북랩에서 알려드릴 수 없습니다.

윤이지 두 번째 시조집

비 그친 아침

북랩 book Lab

디지털 시에 사는 아날로그 옛날 여자
가면 따위 벗어던진 나를 위해 썼습니다
목마름 꾹꾹 삼켰던 숱한 날을 그리며

아버지 성씨 '파평 尹'으로 마흔 아홉까지
살았습니다.
첫 시집 『그리움에도 색이 있다』를 출간하면서
어머니 성씨 '경주 李'를 붙이고
'지혜 智'를 얹어 '윤이지'로
필명을 지었는데
코로나 역병기를 겪은 위기의 틈새,
지혜의 샘물을 얻었습니다.

이식 몸살을 앓았던 25년,
향수병 치유를 위한 비의학적 접근법으로
詩만 한 것 있을까!
감사한 마음으로 펴낸 첫 시집이었습니다.
물심양면으로 응원해주신 분들과
고향 친구에게 지면을 빌어
다시 한번 감사드려요.

아이 셋, 세 자매를 키우면서

엄마가 아닌 '어머니'로 변모하려고

무던히 애썼어도 역부족이었듯

글 쓰는 일 또한 더 멀고 멀었습니다.

그럼에도 불구하고 세상으로 창을 엽니다.

부족한 그대로, 생긴 모습 그대로, 불면의 흔적 그대로,

50人의 여성을 대신하여 한 통의 편지를 부칩니다.

오래 두고
누군가의 가슴을 적시는
詩作을 하겠습니다.
깊은 사랑 베풀어주신 분께
약속드려요.

사랑이면 다 되는 거야!

뜻대로 이루어지길 두 손 모아 빕니다.

2021년 신축년

尹李智 ♡ 水

차 례

비
그친
아침

봄눈
- 開眼

꽃잔디 고운 마당 우편함도 예쁜 그 집
산행 끝에 머문 시선
배낭을 내려놓는다

포근히 젖은 목스카프
언 손으로 감싸쥔다

손등과 손바닥이 피를 돌게 하는 시간

꽃비처럼

소리 없이

귓불을 붉히고 간

힘차게 나를 살린 그대

꼭 감은 눈, 번쩍 뜬 날

25년

– since 1996

아직 비가 오지 않아요
그러나 곧
쏟아부을 거예요
하늘은 온몸으로 말하죠
우산 하나 챙기라고

°구름

발아래 산을 두고
가슴에 하늘 품고

더 높이 올라가서
재회를 꿈꾸는가

부풀고 부풀은 제 몸
천상에서 꽃은 피고

눈부처*

내 눈 가만 바라보면
그대 모습 잘 보이죠

동그마니 앉은 모양
맑고 깊은 우물 되어

퍼내도 마르지 않는
샘으로 있을게요

* 눈부처: 눈동자에 비치어 나타난 사람의 형상

목련이 피던 마당

황홀한 살결보다 손끝이 먼저 녹아

긴 밤을 허리 잘라 봄내 가득 들여놓고

댓돌 위 코고무신에 햇덩이를 태운다

연꽃으로 피어나다

- 귀인貴人

발목 잡힌 시간들은 진흙 속에 묻어놓고
푹푹 적신 그 마음도 연밭에다 던져놓고
부용화 피는 칠월을 삼천 배拜로 돌려세워
효녀 청이 단장시켜 귀밑머리 올리는 날
연잎은 시들어도 아비는 두 눈을 뜬다
사무친 가슴을 열어 젖을 물릴 그날에

비 그친 아침

거울 앞에 다가앉아 눈썹 산을 그리다가

떠오른 무지개처럼
푸르른 물푸레잎처럼

빗방울 흠뻑 머금은 장미처럼

빛나는 나를 본다

사랑꽃

버스가 머문 자리 비처럼 쏟아지다
우산이 걷는 거리 비처럼 뚝 그치다
여우비 오시는 그날 호랑이 장가드네

그리움 길어진 날 백화등 스러지고
여름볕이 늘 그렇듯 이른 저녁 몰고 오네
하늘가 낮달로 매달려 하얗게 웃는 그대

* 白花藤: 5~6월 꽃피는 상록 덩굴나무

캄캄한 세상 어디 숨바꼭질 하다가도
카페모카 초콜릿의 달콤함이 녹는 시간
비스킷 한 입 베어문 혀끝에서 피었네

소나기
– 끝줄부터 읽는 시

빗물이 금세 마른 차이나 목 하얀 셔츠

두어 번 접어 올린 소매 슬멋 풀어놔요
등받이 긴 의자에 이끌린 싱커페이션*
페이지 넘어가는 시간 갈피 기댄 순간
꼭꼭 여민 단추 하나 떼구르르 굴러가고
날개 다친 어미새가 둥지를 다독여도
열린 창 틈새를 노린 불청객들 들이칠 땐
당신을 그리면서 두 손 모아 기도했죠

* syncopation: 당김음

온몸이 뜨겁도록 정처 없이 길을 걷다
그 끝에서 돌고 돌아 다시 찾은 제자리죠
까맣게 그을린 저, 낯설음이 반갑나요?

깊숙이 책장에 스민 서향빛이 익어요

거짓말 같은 날 1
– 입원 첫날

거짓말 들통날까 뒤늦게 고백한다
하루는 눈 깜박할 새 지났고
이틀은 멍한 눈빛 내리꽂고
사흘은 부아가 치밀었다
나흘째 다시 나를 들여다보는데
아직 괜찮다 염색할 때도 멀었고
눈썹 정리를 말끔하게 했더니
조금씩 예뻐진다
거짓말, 화火를 삭혀야 내게서 꽃도 핀다

거짓말 같은 날 2
- 안부를 챙기다

얼마나 아팠던 거야?

문자 오고 전화 온다

생일 달에 아팠으니 생일 축하 따로 해준

위인들만 연락 주면 좋겠다 그런 생각

지난봄에 내 지갑 털어낸 그 여자, 갱년기 우울증이라고

해서 무던히도 마음 썼건만

일 년 넘게 소식 없다 아프냐고 전화했다

'가짜 우울증 걸린 당신보다 덜 아프다.'

라고 하려다가 참았다

어떤 女가 또 전화할지 모르겠다
나이 드는 티는 못 속입네, 면역력 키우려면
비싼 약 좀 먹어야지, 보험은 있어?
시집 출간했냐 커피 사고 시집 사준 여자들이
35명 안팎 있다, 그게 보험 아니냐고 말했다
오늘 더
행복하자 우리
이모티콘 날린다

거짓말 같은 날 3
- 두 번째 4월에

갓 지은 밥 한 공기 된장국이 딸려온다
튀김옷 차려입은 생선까스, 타르타르 소스
비빔 쫄면 옆 칸에서 뜨듯해진 단무지들
현관문을 잠그고 비대면 포장음식을 먹는다
날마다 열 명 남짓 확진자는 쏟아지고
사회적 거리두기 2단계에도 꽃은 더 활짝 피고
생태 공원 튤립은 지난봄보다 찬란하다
아이비, 스투키, 미니 라일락, 화분을 사들인다
절친 언니가 양성이란다, 당분간 못 보겠다

아이들 방에 가서 마스크 상자 확인하고
손소독제와 살균티슈를 반듯하게 놓는다
화장지가 삐져나온 휴지통을 비운다
책상 옆 창을 열고 한참 닦은 송홧가루
400여 일 이럭저럭 어렵사리 넘어간다
천일은 넘지 말아요 간절히 빌어본다

거짓말 같은 날 4
- 음식소생

갓김치가 잘 익었다, 열무는 푹 쉬었다
두루 못 살핀 냉장고 속 위생상태 검열 중
삶아서 밑간해놓은 볶음탕용 닭 두 마리
야채죽에 푹 빠졌을 버섯 당근 다진 채소들
마늘은 썩어있고 대파 반 단 말라있고
상추 깻잎 부둥켜안고 동반자살 했는갑다
주인의 몸살 탓에 너희들이 고생한다
김 빠진 소주 반병, 싱크대나 닦아야지
쪼그라든 오렌지와 비틀어진 오이 허리
손아귀에서 문드러진다
주워담다 허릴 펴고 창가에 앉아본다
등꽃이 주렁주렁 피고 이팝꽃도 소복하다

거짓말 같은 날 5
- 언니가 간다

황매화가 피었네요 가던 길을 멈추어요

잠깐이면 되는데요 사진 한 장 찍을게요

친구들이 부르네요, 카페까지 가는 길은 여기부터 백 미터

가 채 안 돼요

그런데도 코앞에서 30분쯤 더 걸리죠

꼬맹이들 그림 솜씨 발목을 잡히고요

제라늄은 어제도 고왔는데

오늘 더 화사해요

거리에 사는 꽃나무들 앞다투어 피었고요

4월도 며칠 안 남았네요

생일밥 먹자 하던 이쁜 동생, 오늘은 휴무래요

그러자!

느긋하게 먹고 신나게 웃어보자

거짓말 같은 날 6
- 지옥과 천국

개미를 손끝으로 압사押死시켜 보았나요

벌레를 잡아봤고 병아리도 죽여봤고
햄스터도 남생이도, 어쩌다 죽게 됐죠
오일장터 그 강아지 회충이 드글드글
일주일쯤 귀염 떨다 시들시들 죽어갔고
남생이 둘 밤새도록 물고 뜯고 아귀다툼
암컷 먼저 저 세상에 수컷마저 따라가고
학교 앞 라면 상자 병아리가 와서 죽고
고독사로 죽었다며 친칠라를 원망했지
국화분은 병이 들고 서양란도 말라 죽고
아기는 새근새근 분유 먹고 쑥쑥 컸지

애들 있는 집집마다 화초 재배 힘드는 법
어른들 말씀에도 위안 없이 눈물이 찬다
분유 깡통 언저리로 살금살금 기어오면
울면서 꾹꾹 누른 내 속을, 개미들을,
예전엔 죽이고 만 것들 지금은 살려낸다

살아온
그 아름다운 날을
거짓이 아닌 나를

거짓말 같은 날 7
– 수목원을 걷다

단풍나무 숲길에서 이정표를 따라가면

한 줄기 졸졸 흘러 세족수洗足水가 채워진 곳
양말을 벗어 놓고 발을 가만 씻던 중에
호호호 간지러워, 호들갑을 떠는 소리
배롱나무 잎새들이 반들반들 빛이 나네
목련잎은 새로 돋고 꽃은 이미 피고 지고

내남없이 들쭉날쭉 부채손을 흔드는데
저 혼자 그을린 듯 다홍으로 물든 얼굴
연분홍 달맞이꽃 낭창낭창 잠이 들고
대숲 너머 밤송이들 올망졸망 속이 차네

하얀 발 보송하게 마르자
산비둘기 깃을 편다

거짓말 같은 날 8
– 창과 문 사이

계좌 어서 찍어줘요
월급만큼 입금한다

점심 특선 주 1회에 뱃살이 늘어난다
할부 믿고 긁은 카드, 가계가 파탄난다
밥보다 비싼 커피 밥 배 따로 빵 배 따로
또 뱃살이 늘어난다, 두어 시간 폭풍수다
2주일간 격리된다 할 일 많고 걱정인데
내일모레 첫돌 되는 고양이를 누가 봐줘?
여보세요, 우리 집에 털 달린 애기도 구해줘요
그런데요, 제가 정말 양성 확진 확실해요?
– 어머니 맞습니다, 전화하면 내려오세요

●○○만 원 입금 완료 - 고맙다 다녀올게*

퇴원해야 갚을 텐데 이 돈 빌려줘도 되는 거니?

묻는 내가 어리석지, 비자금도 없는 내가!

보건소 트럭 타고 쌩쌩 달려 달려달려,

엑스레이 CT 촬영

푸른색의 환의患衣 환복換服,

각도 조절 침대 옆엔 바이탈 체크 기기

음압기 웅웅 소리 열린 공간 차단되고

방역복 의료진들 노고에 민망해서

일 3회 병원 식단 뱃살이 들어간다

* 2021. 4. 21. ㈜ 코로나 양성 확진 받고 격리병실 갖춘 오송의 거점 병원에 입원했다. 25일 월급날의 은행업무 대비, 지인에게 미리 부탁해서 급여액만큼 입금 받음

창밖은

초여름을 찍고

그 풍경을

눈에 찍고

거짓말 같은 날 9

– 격리 해제 전야前夜

첫날의 황당함은 분노로 이어졌고

화가 나서 속상하고 속상해서 화가 났다

확진 당일 놀란 가슴

역학疫學 조사, 치밀하게

동선動線 파악, 정직하게

입원入院 준비, 침착하게

일주일은 꿈결처럼 열흘은 금방 갔다

삼십이 년 만에 연락 닿은 여고 시절 선생님

이웃사촌보다 반가워서 비대면 통화했다

애사哀事를 더 챙겨온 우리네 마음이다

나를 더 살뜰하게, 머리 감고 몸을 닦는다
출산 후 삼칠일三七日에 새겼던 마음가짐

아흐레
첫날의 그 심보는
꺾이고 풀어진다

거짓말 같은 날 10
– 격리 해제 당일當日

아이 셋 예쁜 딸들 건강하고 슬기롭게!

나의 배경, 나의 무대, 나를 세운 온전한 힘
한때나마 우울했고 한때 몹시 암울했지
이 좋은 세상에서 늘 외로운 마음 하나,
그 마음 못 다스려 허방 짚고 흐느낀 날
그리움 빛으로 엮어 시집 한 권 내놓은 날
잘나든지 못나든지 열 달을 고이 품다
나는 시인, 세상에다 소리치고 싶었을 뿐
집 한 채 겨우 지은 작가作家 따위 하기 싫고
사람을 바로 보는 시인(see+人)이라 불리겠다

병상에 눕고 보니 드는 것이 잡념이라!
이런저런 파노라마* 접었다가 펼쳐들고
그럭저럭 다독여진 내 맘 다시 풀어놓네

역병의
시절을 겪고
꽃길에 머물도록

고독 경보

온종일 배앓이가 우울감을 동반한다
드립커피 착륙 지점 콜롬비아 경유할 때
비스킷 한 입 물고 달콤함에 취한 순간
찰나의 쾌락 끝엔 고통의 폭우 사태!
꾸물꾸물 밀려드는 저기압 전선이다
먹구름 내려앉는 섬집의 지붕이다
우박도 예상되는 초여름날 벼락이다
외출 시, 잊지 말고 마스크를 꼭 챙기세요

자가격리 대비하여 비상식품 들여놓고

지인끼리 문자 연락, 최대한 거리두기

여러분

안전한가요

2단계로 격상 중*

---

* 2m 사회적 거리두기 행정 명령: 코로나19의 역병 시절, 2020년이 지나고 2021년 봄이
   되어도 가라앉지 않고 무증상·깜깜이 확진자까지 속출함

십자말 풀이
– 희망 고문*

가로줄 네 글자 중
하나만 열려있다
세로줄 일곱 글자
두 칸 띄고 캄캄하다

키워드
그것보다 더
번뜩이는
재치로

* 희망 고문: 거짓된 희망으로 오히려 괴로움을 주는 행위

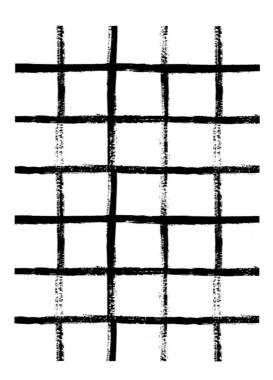

세 번 살다

– 삶+삶+삶

한 음절 풀어놓자 사람으로 읽혀진다
산다는 묵직함에 달라붙어 살아볼까
전생에 한번 살아본, 조급할 것 없는 삶
사람으로 읽고 본다 내 곁의 오랜 사람
못 본 척 모르는 척 눈 감은 적 없었을까
이생에 한번 살아본, 두려움 깊어진 늪
늪에 빠진 저 사람들 쉼 없이 허우적댄다
깊이를 알 수 없는 히든* 크레바스 앞에
내생도 한 번 살고자, 깍지 끼고 움켜쥔

---

* hidden: hide의 과거분사(숨겨진, 희미한)

시간의 모서리

갤러리 저 포스터가 칸나를 닮아 있다
자개장 들여온 날 처음 만난 꽃불 같다
붉은 빛 깊게 스민다, 꿈틀대는 봄의 발아

도슨트의 실루엣이 초현실을 베끼는 새
아치형 다락에서 캔버스 퇴색해도
그녀의 손짓을 따라 숨통 트인 명화 한 점

붉은 칸나 가둔 액자 모서리 각을 맞춰
밤의 온기 되살린다, 천일 낮밤 강을 건너
부푸는 유선 따라 번진 젖내음이 달큰하다

모자란 위인

시인 님, 시심이 고갈된 적 있었나요?

생각이나 느낌 따위 그다지 중요한가
얕은 깊이 속내 바닥, 드러난 빈 웅덩이
멍하니 모니터에 비친, 지친 나를 보았다
모자란 듯 속을 채워 꾹꾹 눌러 담은 다음
그래도 부족한 듯 겉포장을 씌웠었다
휑한 속 새치 감춘, 모자를 덮어쓴 듯
수양이 모자라서 속 비우는 법 몰랐었다
머리 먼저 비워내고 허기진 속 채우기를
별 것 아닌 깨달음에 무릎을 탁, 치는 소리

메아리 귓바퀴를 돌아서 풍경 안에 머문다

찰칵, 착각의 창

1.

주어진 하루 낮밤, 죽은 별에 생기 넣는
또렷한 줄 홀로 긋는 흑점 하나 되우 밝다
다시 살 늪의 요람에 발은 더욱 빠져들고

사각 틀 소금밭에 해종일 둥근 볕이
따가운 눈초리로 지레 바쁜 발목 잡을 때
손차양 얼굴 가리고 잠시 숨긴 달뜬 속내

2.

창틀 없는 창을 열어 무심한 말 건넨 사이
좋아요 최고예요 필담 오간 틈 비집고
한 모금 들이마신 숨 물증으로 남을까

찰카닥 셔터 누르고 검지 세워 노를 젓다
무인도 닮은 그 섬, 닻줄 없이 배가 닿아
새벽녘 그물에 걸린 먼 동살을 당긴다

고양이에서 아침을

로니는 자주 졸아요

아기라서 그럴까요?

원래 잠이 많은 동물이래요

바닥에 쪼그리고 앉아서 졸다가

아늑한 곳을 찾아서 자리를 잡고요

정식으로 잠을 청하곤 하는 거죠

집 앞 초등학교 담벼락은

길고양이들의 천국,

아이들 목소리를 자장가 삼은 키티*

갸릉갸릉 숨소리가 그대에게 들리나요?

벚꽃 향기 흠흠대며 차 한잔을 마시죠

로니는 창가에서 오늘도 거리를 보고 있죠

* kitty: 아기 고양이

찰칵, 착각의 봄

여자가 쓸쓸한 척 뒷모습을 가장한다
나는 그녈 그녀는 날, 모른 척 보고 있다
캔버스 안에 사는 그녀의 긴 머리가 출렁인다
구두는 말이 없이 바닥에서 근엄하다
오른발 내밀어서 천천히 신어본다
왼발 다시 내밀자 내 것처럼 꼭 맞다
그는 지금 내게로 오고 있다
테레핀유 굳은 냄새, 구두 안에서 꼼지락거리는 발가락 틈새,
소리 없이 바람이 분다

소녀들의 웃음으로 창밖은 환해지고
암막 커튼 뒤에선 하얀 벽이 울고 있다
구두는 표정 없이 그곳에서 듬직하다
살구 같은 노을빛이 화폭을 차지한다
그녀 사는 캔버스에 나도 따라 들어간다
밤색의 큼지막한 구두를 내 것처럼 신고서

지천명을 입다

머리부터 가슴까지 신사임당* 열 장으로
내 몸의 절반 가득 휘휘 감은 돈의 무게
오십에 오십에 눌려 짓눌리지 않길 빈다

봄날 오후 단장하고 살구나무 거릴 걷다
꽃눈이 흩어질까 살짝 앉은 나무 의자
어깨를 스치듯 나리는 솜털 하나 받는다

청바지 하얀 셔츠 가벼운 차림의 연인들
화려한 스카프에 묵직한 가방 든 여인들
하늘을 우러러보며 부끄럽지 않기를

* 5만 원권 지폐

자격 조건

오늘 그대 두 팔 올려 기지개 쫙 폈나요
하늘 아래 같이 살면 한 이불 덮은 사이
발 딛은 여기 이 자리
한 평 남짓 충분하죠

하하하 너털웃음 바라지도 않을게요
뜨거운 커피 한잔, 반듯한 조각 케익
사르르 입안 가득 젖어
허기진 속 달래지요

문 밖에선 바람 불고 사방은 어둑해져
눈 밑 그늘 야윈 손도 살포시 가려주는
꽃가람* 너머로 온 햇살
그런 사랑 고마워요

*　꽃가람: 꽃이 있는 강(순우리말)

티라미수*

풀린다
얼음 녹듯
포근하다
눈 덮인 산

오른다
하늘 닿고
포말처럼
눈부시다

*   tiramisu: '나를 끌어올리다'라는 의미의 이탈리아 디저트

한 조각

베어 물고서

왕비처럼

솟은 어깨

오붓한 하루

여름밤 여치 소리
삼나무에 핀 눈꽃
백일홍과 긴꼬리나비
칸나의 붉은 꽃대
이른 봄 나를 감싸준
선득한 바람 한 점

시월의 억새 숲길
자작나무 하얀 몸피
포도넝쿨 굽은 허리
아람 벌어진 밤송이
늦가을 내게로 와준
막내의 함박웃음

페이지 멈춘 밑줄

잉크 마른 몽블랑 펜

고장난 뻐꾹시계

먼지 쌓인 큰집 문패

그래도 서슬이 퍼런

어머니의 부엌칼

청라에서 투썸* 오는 길

언덕에 대구 온나
약속을 하는 사이
동행한 시인 둘이
자판을 두드린다
환승역
청라언덕에서
사십 분쯤 걸린대구

---

* 투썸플레이스: 프랜차이즈 카페 이름

둘씩 앉은 카페에선
커피보다 사람 냄새
사람보다 더 지긋한
커피향이 시큼하다
한 손에
케이크 상자를 든
여인이 걸어온다

백합보다 그윽했던
그녀의 눈언저리
거뭇한 관자놀이
의연하게 꽃이 폈다
언젠가
함께 보았던
물안개 핀 새벽처럼

팡파레

1.

벚꽃 피고 메꽃 피면 문득 떠오르는
중간 기말 시험이 전부였던 학창시절
그래도
팡파레* 터뜨린
열아홉의 숙녀에게

첫사랑이 돌아오면 만나겠냐 물어본다
살아서도 죽어서도 오지 않을 봄이겠죠
짧아서 더 따스했던, 기억으로 빚어낸

*　프랑스어 fanfare(팡파르)의 한국식 표현

2.

엄지를 살짝 눌러 빵빠레를 핥아 먹다
눅진해진 과자 껍질 짓이기듯 내버렸다
B학점 간신히 받은 성경 과목 성적표

한걸음씩 나아갔다 어둠 속 나를 잡고
와불 대신 내가 누워 세상을 바라봤고
가끔씩 시린 손 모아 이마에다 맞출 뿐

°부산스럽다

꽃피는 섬에서는 봄소식을 보내왔다

그 섬에 가지 않고도 스무 해쯤 살았는데
토토 레스토랑의 슈프림 피자 한 판
광안 앞바다의 멀티시네마 카페 모카
간판 이름 난장판 호프, 대학로를 잊었다
방게를 뒤쫓아간 사발이 테트라포드엔
갯메꽃이 분홍하다, 그 사이 여름이 온다
봉숭아 꽃물 들인 손톱 끝이 아려온다
검지로 두들기던 게딱지가 부서지고
갈색 머리 미역줄기 한쪽 발이 미끄러진다

침잠한 두어 시간, 물거품 된 나의 사랑
로렐라이 언덕에서 빗질하던 그녀처럼
까무룩 잠潛의 늪으로 빠져들던 뱃전에서

윤슬이 반짝거리는 수면 위로 떠오른다
켜켜이 푹 쪄서 익힌 무지개떡 찬란한 빛
봄소식 답장을 쓰려던 엽서에도 번진다

달맞이 언덕에 오른 스물셋의 내게 쓴다

사랑해 많이 힘들었지 수고했어 고마워

사흘 동안

잔소리 다정했던 그 사람 돌아가고
못다한 말 한마디 후회만 가득하다
장대비 들이친 마루 화문석 눅눅하다
눈썹달 걸어 놓고 옹이 빚는 고목의 밤
다복한 미간 위로 따사롭게 내리는 빛
북극성 크고 환하게 어둑발을 거둔다
오래 전 미리 와서 새겨놓은 설법처럼
가만히 떠오르는 신기루의 요사채엔
새도록 다시 스민다 눈썹 죄다 세도록

82 비 그친 아침

바람 소리, 들리나요?

양철 지붕 두드리는
빗소리 시끌벅적

향나무 어깨 앉은
눈송이도 소란한데

구름 위
살포시 잠든
나의 바람
쉿, 조용히!

여행

1. 旅行

— 길을 떠나다

무작정 떠난 날의 공기 더, 차가웠지

야금야금 축낸 시간

그 무게의 짐을 벗어

철퍼덕 따귀를 때린

바다에다 풀었다

2. *女幸*

- 여자는 행복하다

담장 너머 고개 내민
장미의 얼굴을 봐
아랫도리 내놓고서 오줌 누던 그 가시내
다행히 올곧게 영글어
꽃보다 더 반짝이네

3. 餘杏

- 살구도 남는다

살구가 매달렸네
약으로도 못쓸 한 알
황매실 술 담글 때
슬쩍 끼워 익혀볼까!
시들한 가지에 남아 악착 떨고 살구있네

민들레 어머니

하이얀 머리카락 고옵게 나 먹은 표[*]
뱅그르 날아올라 가볍게 하늘하늘
손주들 마중하시나 대문 앞 서성인다

모퉁이 돌아가면 문패 없이 지은 집에
제 한 몸 뿌리 내려 살림을 일궈내고
할미꽃 말벗이 되는 고향집 마당의 꽃

햇볕에 등 따갑던 봄날을 다 보내고
목백일홍 붉게 타는 한여름에 시들어도
빈 들녘 이랑 틈 사이 일편단심 묻는다

_*   곱게 늙어 '나이'를 먹은 '표시'가 있어야 한다고 이르시던 할머니식 표현

그림일기

– 날씨 맑음

1. 오후 네 시

분꽃이 피는 나절, 초침 바늘 멈칫하고

고양이의 사뿐 걸음 담장을 넘는 시간

손바닥 잔금 사이로 바지런히 볕을 굽는

2. 범부채꽃

다홍빛 민낯 노동 검버섯 핀 계절에는

풀독 오른 장화 걸음, 손부채질 잦아진다

속병도 나몰라라시며 탕을 고던 어머니

3. 긴꼬리제비나비

난닝구 꺼낸 상자 투명한 비니루 덮개

표본 액자 창을 달자 나프탈렌 숨을 쉰다

백일홍 꽃가루받이 그때

요놈 꼬릴 잡았지

4. 콩잎 장아찌

하얀 밥에 앉은 가을 잎맥 따라 젖은 여름

혀끝 닿은 찝지름함 썩 내키지 않던 그 맛

먼 훗날 그립고 그리워진 우리 아빠 볼뽀뽀

비 그친 아침

꽃샘바람

창을 열다 문득 생각
너의 볼에 속삭인다

물구나무 서서 걷는
소년처럼 상기된 낯

향나무 어깨에 걸린
꼬리연을 떼고 있다

세 개의 주제를 위한 모음곡

1. 구름 방정식
제부도 하늘에 뜬 코끼리 본 적 있지
귀는 크고 눈이 순한, 잡힐 듯 가까워진
낙하 전 치솟아오른
육덕肉德 좋은 쌘비구름

2. 밤의 마술구두
갯벌에 두고 온 발 춤추다 잠들었어
명아주 꽃이 지고 애틋한 밤 달이 울고
물너울 헹가래쳐도
찾지 못한 구두 한 짝

3. 지팡이 환생

뾰족한 굽 찍힌 자국 새살 돋아 차오른 펄
청려장 짚고 오실 내 아버지 마중하는데
높은 산 뒷걸음친다, 그네 타고 붙잡을까!

파의 설산찬가 雪山讚歌

심호흡 크게 한 번, 파닥파닥 뛰는 소리
목을 쳐낸 칼날의 피 펌프질로 씻어낸다
뜨겁게 끓어오르던 붉게 익힌 그 여름

파뿌리 다 되도록 오래오래 잘살게나
씨암탉 다리 하나, 잘게 찢은 퍽퍽 가슴
밤 세 톨 대추 두 알이 녹두죽에 스민다

송송송 탁탁탁탁 백숙 위로 뿌려진다
눈처럼 눈부신 산 부풀 대로 부푸는 산
저물은 하루해 너머 파꽃은 피네 피네

화요일에 비 소식 있습니다

스스로 몸을 꼬는 한밤의 난장難場이다
불판(火食) 앞에 앉은 이들, 오가는 술잔 사이
화르르 꽃불 돋는다
타닥타닥 숯이 탄다

굳은살 박인 손에 길들여진 노란 냄비
술 취한 래퍼들의 휘청대는 춤사위에
쏟아진 물벼락 한판, 천장이 무너진다

화요일 일기예보 비 소식이 적중한 듯
동료들의 눈물바람 시쳇말들 흩날린다
미리내* 지나간 자리
내일은 맑습니다

바람이 불어오는 곳

금계국 핀 신천대로 기타 하나 배낭 하나
서둘러 표를 끊고 영남에서 호남을 이어
물안개 피어오르는 섬진강을 따른다

오월의 꽃바람도 열풍 부는 팔월에도
지리산 정기 빚은 한잔 술에 취해보자
서동요 재잘거리던 그 길에서 만난 우리

노을 지는 강가에선 가락에 흥이 돋고
아리랑 고개 넘어 이우제를 다독였듯
대갱이 두들기는 날, 날라리도 달뜨지

신조어 열람 2
– 얼죽아 혹은 얼코트

얼어 죽어도 아이스 커피
얼어 죽어도 코트의 맵시
폼에 살고 폼에 죽고 제멋에 사는 거래
겉으로
보여주는 것에
목숨 거는 시대래

극장 간판 바뀔 때면 데이트족 줄을 잇고
조조할인 관객 되어 문화생활 즐긴 날들
일 년에
겨우 한두 번도
뿌듯했던 그때를

기억하나요?

그리운가요?

돌아가고 싶은가요?

지금이 좋은가요?

순수 따위 의미 없나요?

내 안의

오붓한 정서

꺼내본다, 앨범처럼

이래도

바다를 건너는 건 나무가 숲이 되는 일
깊은 울음 문양 새긴 숨비를 캐내듯이

되돌아가야 할 곳은 멀어져
닻을 내린 목선처럼

잡은 것 없는 하루
달빛 벌써 스밀 즈음
망사리 채운 손길, 물길보다 따스하다

이래도˙

섬을 이룬 숲이 되어

잠潛의 시간 껴안고

* 離來島: '떠나도 다시 찾아올 섬'이라는 의미를 심은 가상의 이름

오늘부터 타인

– 각자도생各自圖生

왜 내게 말하나요

우리 원래 친한가요

마음 씀

알아줄까

기대 또한

금물이죠

자로 잰

계산법으로

한 줄 한 줄

선 그었죠

행복한 눈물

봄비처럼 살고 싶어
따뜻하게 흐른다죠
잘 자라라 잘 살아라
온새미로 정성 들여
미약한 한 그루 나무
숲을 이룰 어느 날

봄눈처럼 살고 싶어
향기 가득 차오르는
코끝 쩽한 오월의 꽃
아카시를 닮은 신부
회색빛 하늘 사이로
얼굴빛 더 화사하죠

봄날처럼 살다 가신
보고픈 나의 사랑
화관에 얹은 소망
눈부시게 피어난 날
스러질 그림자 따라
저물도록 걸었다죠

푸른 섬, 비밀을 캐다

가슴 저민 주홍글씨, 내가 나를 옭아맨다
양날의 칼 움켜쥔 손 새벽놀 비명에 젖고
만선의 고깃배 맴돌던 해적들도 떠난다

문턱은 늘 걸린다, 치맛자락 들추기 전엔
중력衆力을 지르밟고 중력重力을 떠받들까?
그대로 침잠하는 밤 아득한 별이 진다

산호초 부유하는 바다 밑 그 경계 너머
미로 숲 헤매 돌다 문득 닿은 출구처럼
쉼 없이 허우적거린다, 불가사리 움켜쥐고

이쯤 어디 고이 묻고 갈매기 떼 몰아냈지
미역밭 미끄덩한 절벽 아래 숨 고르고
비밀리 부쳐 먹던 땅, 잔치 벌여 나눈다

행복한 날은 일기를 쓰지 않는다

1.

달빛이 비춘 손등
시트보다 희고 곱다
볼록뼈 오목한 골, 뿌리처럼 돋은 혈류
잔잔한 은빛 윤슬이 내 손에서 빛난다

사월의 마지막 날 격리해제 당일이다
역으로 가지 않고 집에 온 그날 밤도
달빛이 나를 따른다
"별사탕 하나 먹어."

2.

어머니가 채워주신 새 옷의 첫째 단추
뚝! 떨어져서 굴러갔다
옷장 밑에 들어갔다
느슨한 꽃무늬 블라우스
장롱 속을 차지했다

스무 해 봄은 가고 블라우스도 잊고 살다
첫아이의 스무 살에 영화를 함께 봤다
내 나이 마흔 넷인데
제목은
'스물'이다

3.

행복과 불행 사이, '과'가 있을 뿐이다
'너와 나'의 접속조사 '와'도 떠난 날에
하늘이 허락한 사랑
봄날이 내게 왔다
내 몸은 떠올랐다 구름꽃이 피어나듯
긴 밤과 고단한 날, 둘 중에 고르라면
후자를 택하기 마련인 오늘에 살고 있다

일기를 써야겠다
행복해질 날을 위해
그래도 되겠다는
확신을 갖게 된 날

일기를 쓰지 못했던 숱한 날을 용서하며